壞蛋聯盟

文、圖／艾倫·布雷比 譯／黃筱茵

主編／胡琇雅 美術編輯／吳詩婷

董事長／趙政岷 第五編輯部總監／梁芳春

出版者／時報文化出版企業股份有限公司

108019台北市和平西路三段240號七樓

發行專線／(02) 2306-6842

讀者服務專線／0800-231-705、(02) 2304-7103

讀者服務傳真／(02) 2304-6858

郵撥／1934-4724時報文化出版公司

信箱／10899臺北華江橋郵局第99信箱

統一編號／01405937

copyright © 2019 by China Times Publishing Company

時報悅讀網／www.readingtimes.com.tw

法律顧問／理律法律事務所 陳長文律師、李念祖律師

Printed in Taiwan

初版一刷／2019年1月25日

初版三刷／2022年3月3日

版權所有 翻印必究（若有破損，請寄回更換）

採環保大豆油墨印製

壞蛋聯盟 / 艾倫.布雷比(Aaron Blabey)文.圖；黃筱茵譯.
-- 初版. -- 臺北市：時報文化, 2019.01-
　冊；　公分
譯自：The bad guys book 1
ISBN 978-957-13-7658-5(第1冊：平裝)

887.159　107022148

壞蛋聯盟

文‧圖 /
艾倫‧布雷比
‧AARON BLABEY‧

1

做好事。

不管你喜不喜歡。

·第1章·
狼先生

噗嘶!
嘿,那邊的!

過來這邊。

我說，**過來這邊**。

有什麼問題嗎？

喔，我知道了。

對啦，我瞭⋯⋯

你現在正在想：「喔⋯⋯，是一隻又大又壞
又恐怖的狼！我才不想跟他講話哩！

他是個 **怪物**。」

奶奶？

6

這個嘛，讓我來告訴你吧，兄弟——

就算我有

又**大**又**尖** 的牙齒

和

剃刀一樣

鋒利 的爪子

……還有偶爾會裝扮成

老太太，也不表示……

森林警察登錄嫌犯
狼先生
ID: 102 451A

……我就是

壞蛋。

大都會警察局

嫌犯檔案

姓名：<u>狼先生</u>
案件編號：<u>102 451A</u>
假名：<u>大壞、斧頭先生、奶奶</u>
居住地：<u>森林</u>

共犯：<u>無</u>

犯罪紀錄：　　＊ 吹倒房子〈受害的三隻小豬因為
太過恐懼不敢出面指證〉

＊ 假扮成羊

＊ 闖進老太太家

＊ 假扮成老太太

＊ 試圖吃掉老太太

＊ 試圖吃掉老太太的親戚

＊ 偷走睡衣和拖鞋

狀態：危險級。 切勿靠近

告訴你吧，那些全是**謊話**。

可是你不相信我，對嗎？

因為我是大壞蛋，對吧？

你錯了。

我是好人。甚至算是人很好。

不過我可不是只有在說我 自己……

我有幾個兄弟也遇到同樣的問題，所以我叫他們一起加入。

就快咯，他們隨時會從那扇門進來。

他們都是好人。
不過，就跟我一樣，他們都被
誤會了。

所以，哪裡都別去喔，知道嗎？

第2章

好人幫成員

叩！叩！叩！

好咯！準備好
要接受事實了嗎？

你最好是喔，寶貝。

我們來看看誰來咯，
好不好？

嘻！看看這是誰呀！
是我的麻吉，

蛇先生。

你一定會很愛他的。
他可是一個貨真價實的……

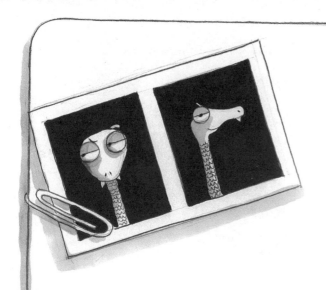

……甜心。

大都會警察局

嫌犯檔案

姓名： 蛇先生

案件編號： 354 22C

假名： 吞雞仔

居住地： 不詳

共犯： 無

犯罪紀錄： * 闖進何先生的寵物店

* 吃掉何先生寵物店裡所有的老鼠

* 吃掉何先生寵物店裡所有的金絲雀

* 吃掉何先生寵物店裡所有的天竺鼠

* 試圖在何先生的寵物店裡吃掉他

* 試圖吃掉準備救何先生的醫師

* 試圖吃掉準備救何先生的醫師的警察

* 吃了準備救何先生的醫師的警察的警犬

狀態： 危險級。切勿靠近

看看這張臉！

這張臉像怪物嗎？

我不認為。

這個 **傢伙可甜了**。

老兄，到底還要多久啊？

我還有老鼠要吃咧。

哈哈
哈哈！

這傢伙也太會開玩笑了吧！
「我還有老鼠要吃咧！」
真夠好笑的。

腦袋也太靈光了吧。

哈哈
哈
哈

放輕鬆嘛。
吃個杯子蛋糕吧。

杯子蛋糕？
你有沒有
老鼠？

老鼠的話題講夠沒有？
再說我就

把你吃掉！

我是說……

哇哇，這可不是

食人魚先生 嗎……

嘿，如果有
誰惡名昭彰，
一定就是這個傢伙啦……

你好啊。

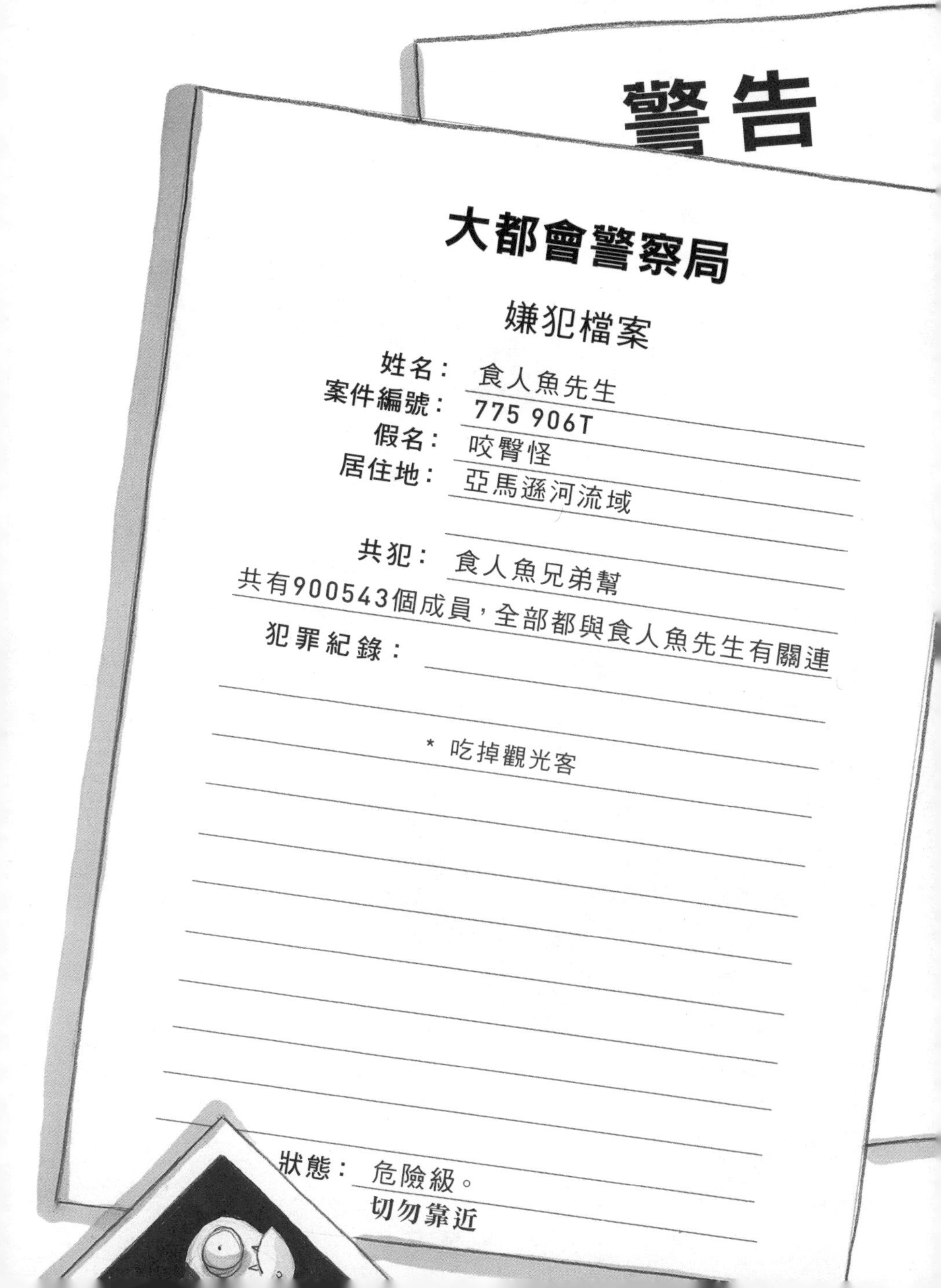

警告

大都會警察局

嫌犯檔案

姓名： 食人魚先生
案件編號： 775 906T
假名： 咬臀怪
居住地： 亞馬遜河流域

共犯： 食人魚兄弟幫
共有900543個成員，全部都與食人魚先生有關連

犯罪紀錄：

* 吃掉觀光客

狀態： 危險級。
切勿靠近

他在這幹嘛？
那個傢伙瘋了……

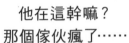

嘘嘘嘘！

嘿，食人先生！
我知道像你這麼甜美的人
才不會拒絕
杯子蛋糕哩……

兄弟，我大老遠
從玻利維亞過來耶。

而且我餓了！
所以

這些傢伙還真要命！
總是這麼愛講笑話！

沒有肉喔。
只有蛋糕。

叩！叩！
叩！

啊哈！

現在來的
這傢伙可喜歡蛋糕了……

叩！

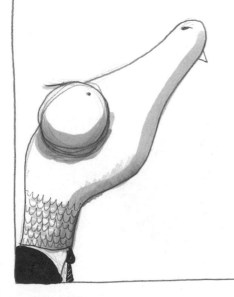

哈囉，**鯊魚先生**。

你好嗎？

我

餓了。
你這裡有海豹嗎？

大都會警察局

嫌犯檔案

姓名： 鯊魚先生

案件編號： 666 885E

假名： 巨顎

居住地： 受歡迎的觀光景點

* 真的會吃掉任何東西或是任何人。

危險到荒謬的程度。快跑啊！
快游走！別讀這段文字啦！

狀態： 快閃人！！

看吧？！這就是我一直在說的啊！
如果你們動不動只想

吃掉所有人

怎麼可能有人會認真把我們當

好人

看待嘛？

我在**講**什麼？

欸，坐下來聽我解釋。

你也一樣。

第3章

好人俱樂部

我的媽呀！！！！！！

又來了⋯⋯

嘿，你們兩個不是應該待在水裡嗎？

我想
待哪兒
就待哪兒。

瞭嗎？

我也是，小子。

看吧，這就是為什麼
我不跟魚合作。

真是 **夠了！**

我們。再也不。打來打去了。
你知道為什麼嗎？

為什麼？

因為**今天**
可是我們好人俱樂部
第一次會議……

好人
俱樂部

沒錯！

好人
俱樂部！

請再說一次好嗎？

你聽見我的話了。

你們當 **壞蛋**
都不煩嗎？

你們還沒有受夠
尖叫 嗎？

還不厭倦
恐懼 嗎？

沒有特別討厭啊。

一點也
不會呀。

你們當然會！

而我有辦法解決！

隨堂抽考時間！

假如我們發現一隻貓卡在樹上動彈不得。

應該怎麼辦？

吃掉牠？

錯！
是解救牠！

你在開玩笑，對吧？

這傢伙瘋了。

不，我才沒有！
我是 **天才！**
而且我要讓我們全部變成
英雄！

他完全秀逗了。

我大老遠從
玻利維亞過來
就是為了這個？

食人魚先生，你會很高興自己來了。

鯊魚先生，你也一樣。

這件事一定會 **酷斃了**。

現在，所有人上車！

我們去做點

好事！

·第4章·
駛向麻煩

C

D

這輛車可是燃油噴射、

２００匹馬力、

火焰般 **冷酷** 的雙輪戰車，
我的朋友。
如果我們要當好人，
你不覺得我們也應該

看起來很酷 嗎？

A 使用純粹豹子小便的「你很雷」V8引擎。

B 為了看起來酷到超 ㄅㄧㄤ、所用的肥厚輪胎。

C 訂製噴射座椅，為了維護個人安全，也為了必要時可以開人玩笑。

D 體積過大的消音器，以便隨時發出非常、非常巨大的音量。

而且車內空間也很大！

嘿，小子，真是一趟甜蜜的兜風之旅啊。可是老兄，我暈車了。所以我們到底在這兒幹嘛呀？

我們在尋找麻煩啊，
我的朋友。
如果我們要當英雄，
就
永遠
都得出來尋找
麻煩……

我們要能

聞到

麻煩的
味道！

事實上……等一下……
我感覺現在
就聞到麻煩了……

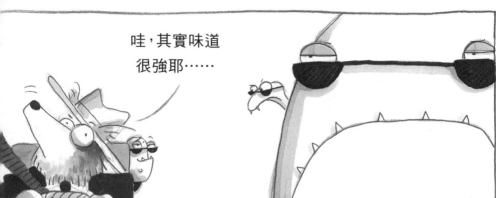

嘿！

小子，那到底有什麼好 大驚小怪 的？

坐車會讓我
排出一點 氣體，
那又 怎樣？

GOOD BOY

事實上，
這樣的感覺
還滿棒的。

不過兄弟，說真的⋯⋯
我們到底在找什麼？

嗶嘰嘰嘰哩！

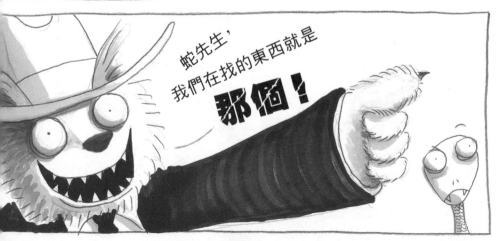

蛇先生，
我們在找的東西就是

那個！

喵~！

賓果！

·第5章·
貓咪，過來

所以，我們該
怎麼辦呢？

解救那隻貓。

那我們

不應該

做什麼呢？

吃掉那隻貓。

**這就
對了！**

我不知道
你們覺得如何，
不過我可是
非常振奮！

好，現在
我們來做
這件事吧……

喵~？

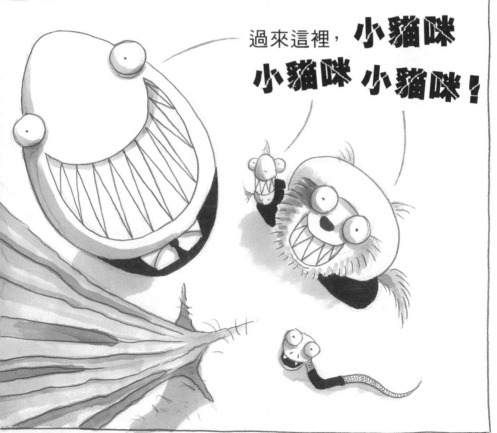

過來這裡，**小貓咪 小貓咪 小貓咪！**

那是哪招啊？
你想讓他
心臟病發呀？

什麼？我剛才……
表現得可酷了。

讓我來處理。

嘿，你這個傢伙！
快點給我下來，
否則我就要
猛搖 那棵樹，
咬住 你那
毛茸茸
的小屁股！

你有事嗎？！

拜託，最好有誰
想個辦法。
那種尖叫聲
已經快讓我
瘋掉了……

我碰不到啦，讓我
再靠近一點，你這條笨蛇。

你叫我什麼？

你聽見我的話了。
讓我再靠近一點。

我說再 靠近，你這隻大蟲！

好了，真是夠了……

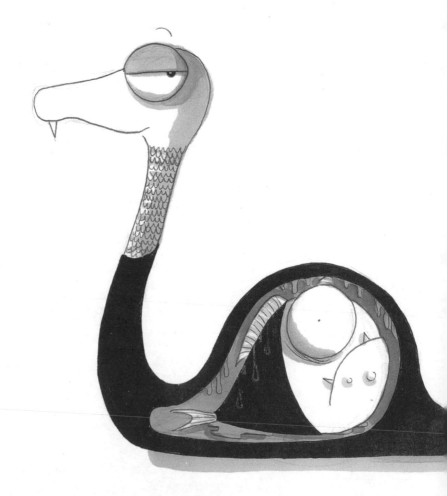

喂 ，

不必 **緊張** 啦。

這是真的，

蛇有時候很詐，

會 **吞掉** 他們想吞的東西。

可是 —— 幸運的是，他們會把這些東西整個吞進肚子裡

我正好曉得一種 **溫柔** 又 **無害** 的技巧，

可以立刻解決這個問題。

請等我一下下唷……

我說……

食人魚

在哪裡？！

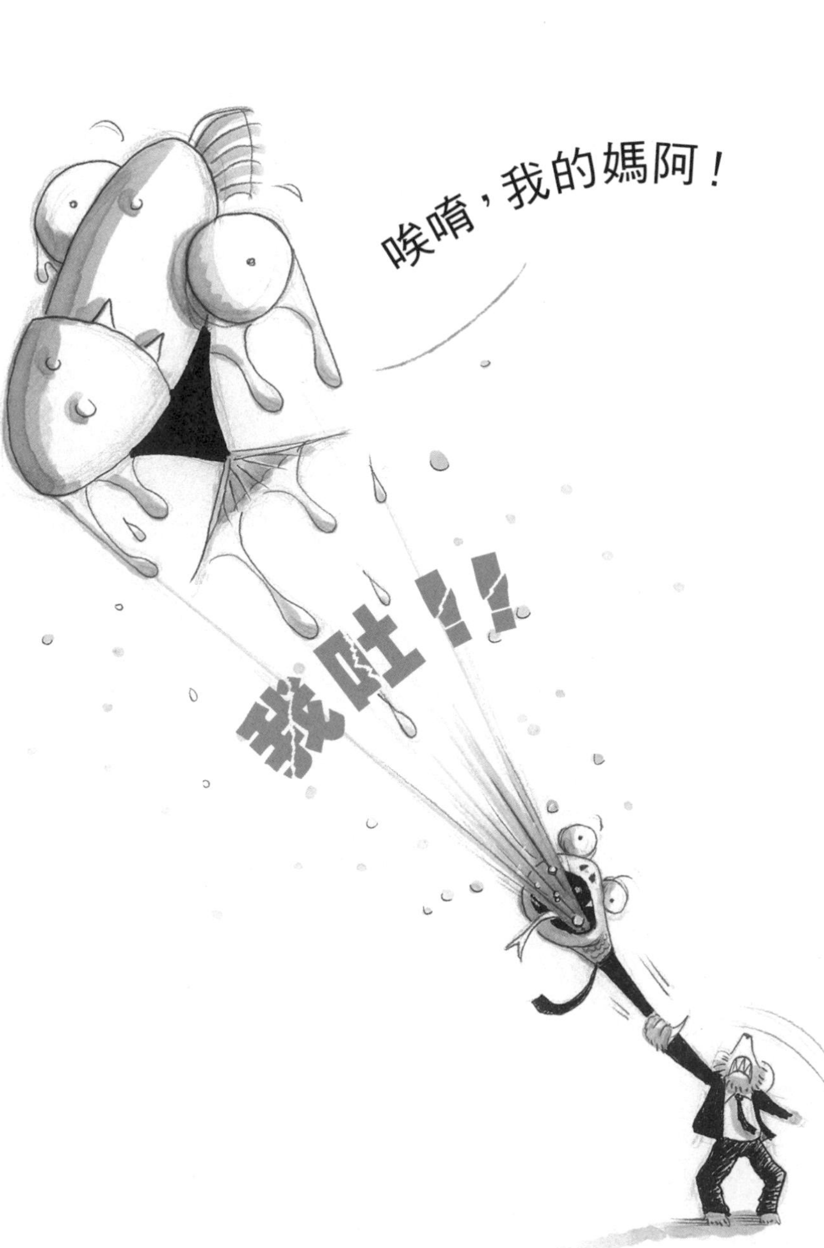
唉唷，我的媽阿！

嘿，小子，
怎麼啦？

嘿，

他終於離開樹咯！

早知道
我應該待在
玻利維亞的。

第6章

計畫

幹得好。
大家都過來吧，
擊掌！

只有你有手欸。

那公平一點。

團體抱抱？

我不抱抱。我只咬人。
所以抱抱先生，
還不快 **走開**。

好嘛好嘛……

嗯，我是不知道
你們怎麼樣啦，
可是我會說我們已經
準備好了。

準備好幹嘛？

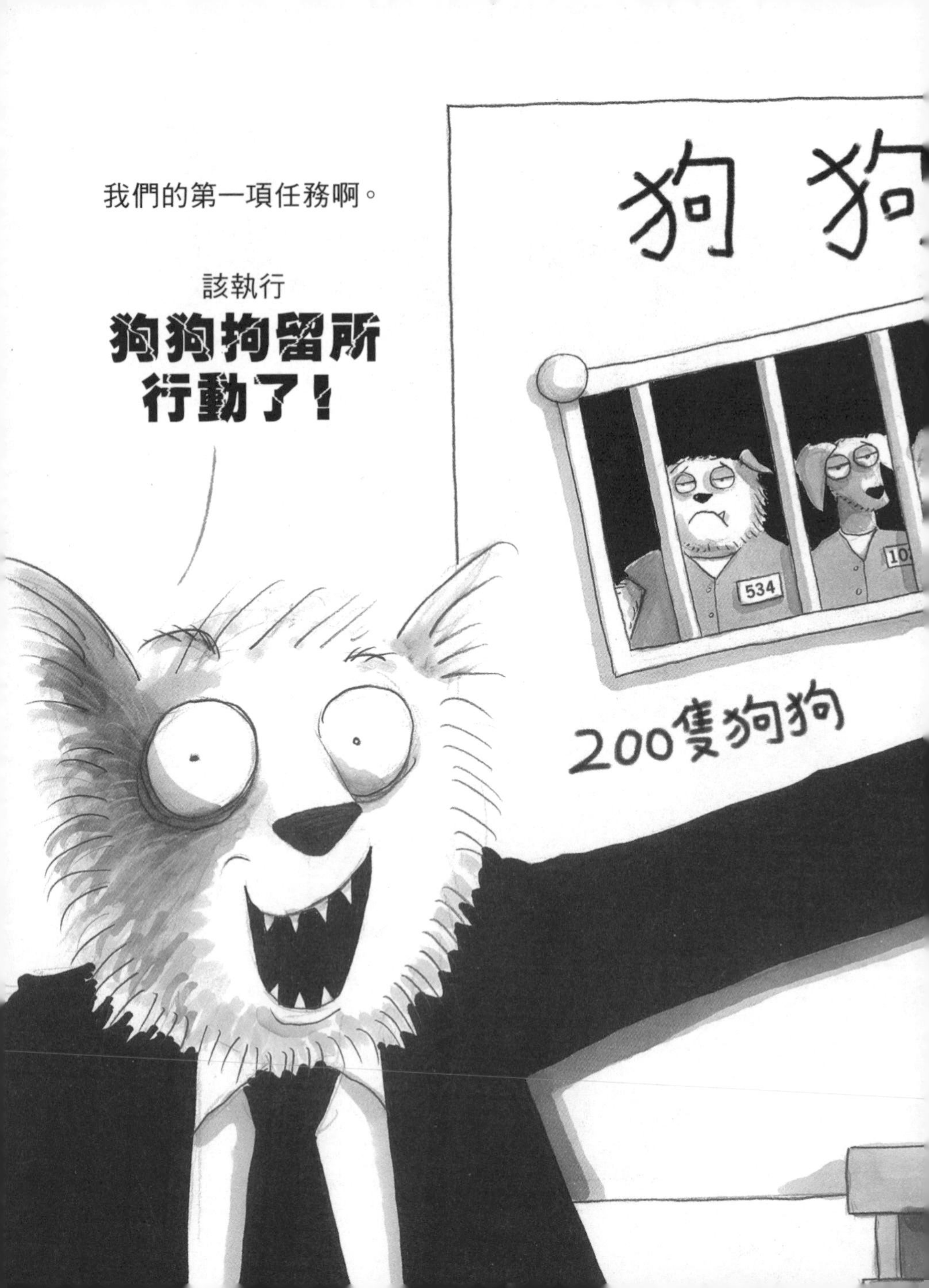
我們的第一項任務啊。
該執行
狗狗拘留所行動了！
狗狗
534
200隻狗狗

拘留所

20名
警衛

只有一個出入口

鋼條柵欄
帶刺鐵絲網

有 **200** 隻小狗狗被關在

**擁有最大警力的
市立狗狗監獄。**

他們的希望和夢想被囚禁在
石牆和鋼條後。

不過猜猜我們要怎麼做？

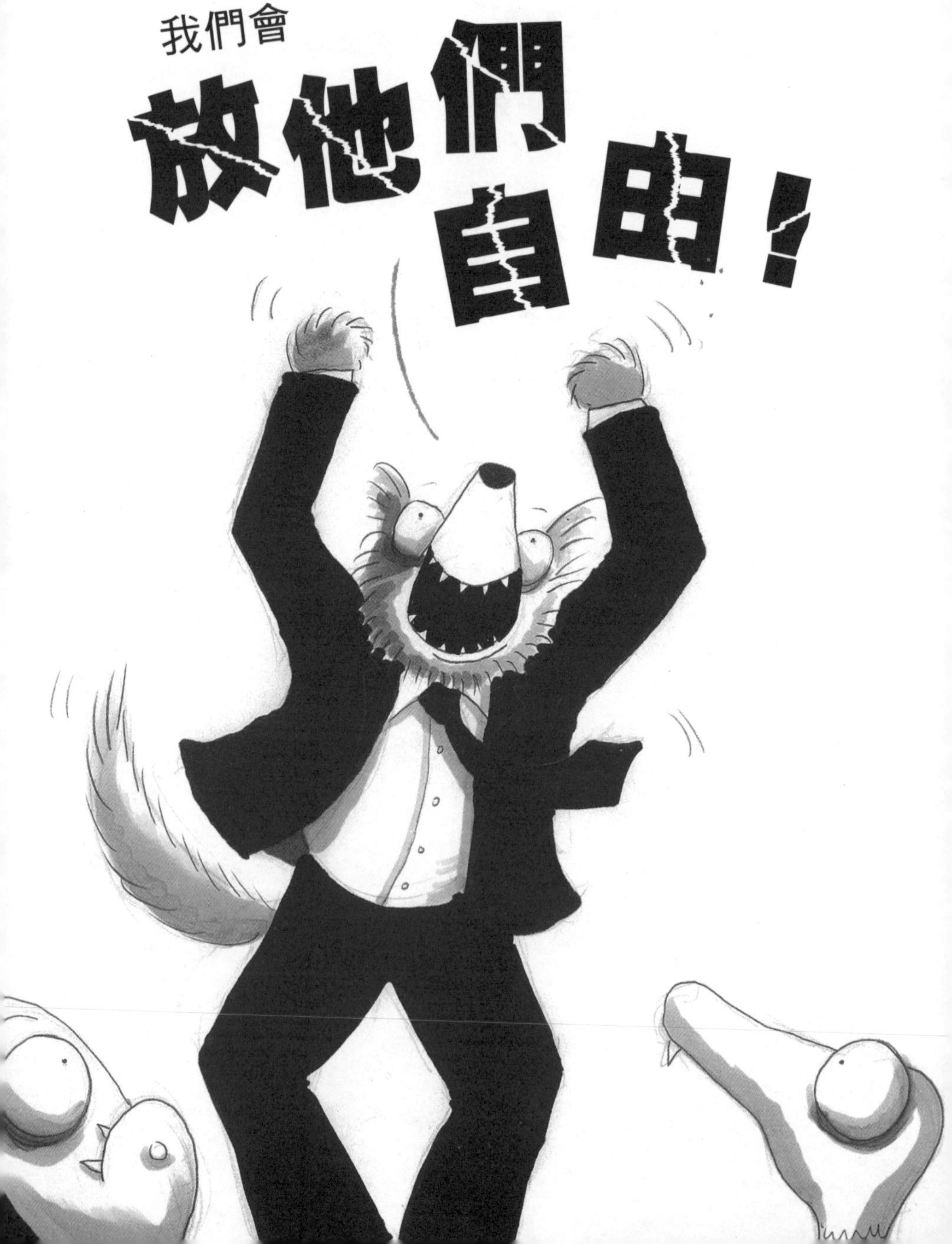
我們會
放他們自由！

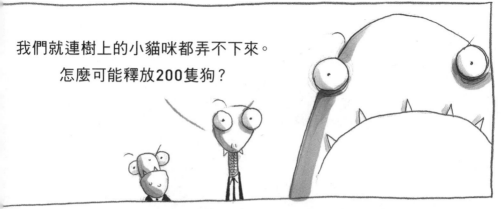

我們就連樹上的小貓咪都弄不下來。
怎麼可能釋放200隻狗？

太簡單了！我們當中有一個人
得混進去，把監牢打開！

那我們要怎麼辦到？

就用

這個！

你又要扮成老太太了嗎？
老兄，那招是行不通的。
　你每次都會被逮！

誰說又是我啦？

·第7章·
監獄

哈囉？
噢，當然啦女士，
我開門讓您進來。

嗶嗶嗶！

嗯，我能為⋯⋯嗯⋯⋯
為您⋯⋯效勞嗎？

我只是個弄丟狗狗的漂亮女士而已。

拜託，噢拜託，先生，您可以幫幫我嗎？

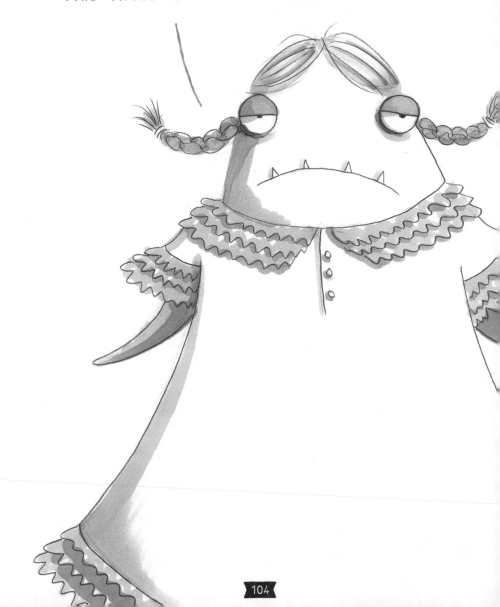

哎呀，
那當然咯！

您這樣一位可愛的小姐，
我什麼事都可以效勞。

酷。

他進去了！
我就**知道**這個
計畫行得通。

嗯，你們知道該怎麼做吧。
那些籠子一打開，
我們不會有太多時間，
所以別搞砸了。

兄弟們，爬上來吧！

那個東西
要幹嘛？

別擔心,只要抓緊就好。
記得喔──鯊魚先生一打信號,
我就把你們弄進去,
你們只要負責告訴那些狗
該往哪個方向跑就可以了。

瞭嗎?

瞭啦。可是
我們要怎麼
進去呀?

嗯。

我只要把你們從那個

**小不 隆咚
的窗戶**

丟進去就可以啦。

不過你們不必擔心！

我有 **完美的** 標的

和 **85%** 的把握

可以在第一次就把你們拋進去

我就是 **那麼**

有信心！

你知道嗎，
我平常不會一次把
全部的籠子通通打開，
可是因為妳
這麼客氣的
要我幫忙……

欸，這是最後一個籠子了。
這是妳的狗嗎？

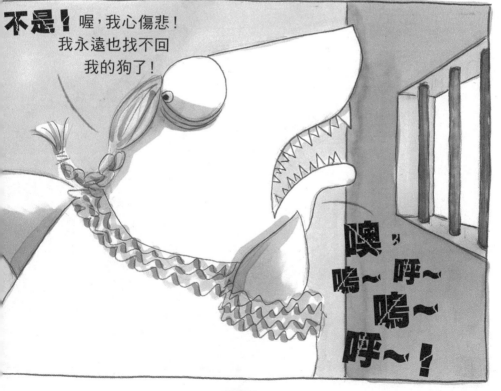

不是！喔，我心傷悲！
我永遠也找不回
我的狗了！

噢～
嗚～呼～
嗚～
呼～！

已經沒時間討論了!
小兄弟們,
抓緊唷!

是時候……

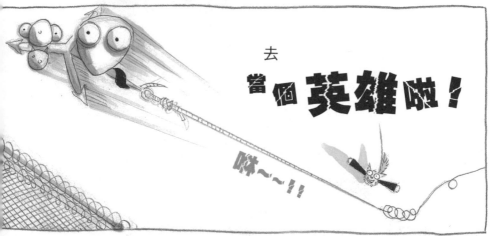

去
當個英雄啦!

咻～～!!

好吧。
無三不成禮。

耶。
我現在抓到
手感了……

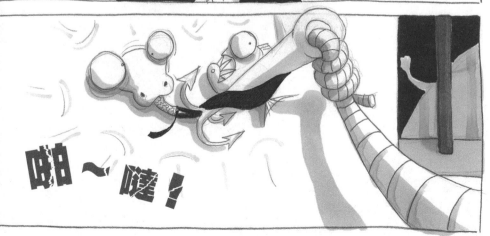

啪～嗒！

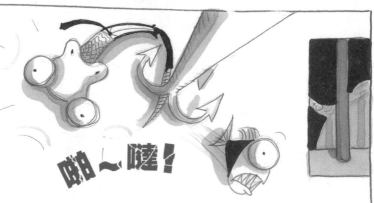

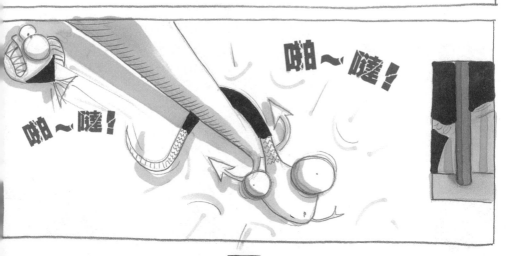

抱歉喔，小姐，
可是我現在要把
這些籠子
再鎖好咯。

如果我們沒死，
我一定要
吞了那隻狼。

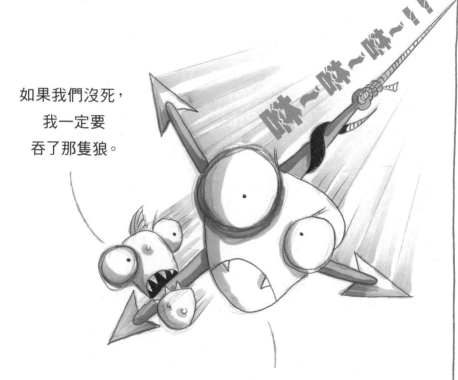

我會早你一步！

好了,各位!
回到你們的籠子去吧。

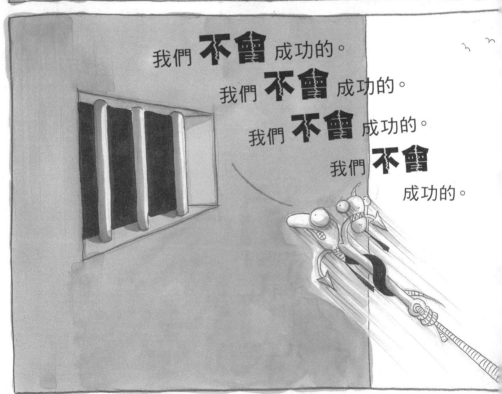

我們 **不會** 成功的。
我們 **不會** 成功的。
我們 **不會** 成功的。
我們 **不會**
成功的。

第8章
所以，怎麼樣啊？

欸，他們好像
沒有很感激耶，
有嗎？

他們竟然叫我
沙丁魚！

我還以為
你**就是**
沙丁魚哩。

我才不是什麼沙丁魚！
我可是食人魚欸，老兄！**食人魚！**

隨便啦。

夥伴們，你們弄錯重點了吧。

我們成功了耶！ 我們給了
200隻狗全新的生命。這不會
讓你們覺得 **很酷** 嗎？！

你擁抱的方式
真的讓人
超不舒服欸，
老兄。

哎啊，**好嘛！**
你們很喜歡吧！我知道你們都是！

跟我講實話嘛——

當一次 **好人** 感覺棒透了吧？

夥伴們，告訴我你們感覺怎麼樣嘛……

這樣真的感覺……
很不錯。

比很不錯還棒。
感覺……粉棒。

老兄，這感覺 **超美妙** 的。
可是他們還是叫我沙丁魚耶！！！

小兄弟，如果你跟著我，就永遠不會再有人
把你誤認為沙丁魚了。你會成為玻利維亞最
有名的英雄！要不要加入我呢？

當然。不過
你做的事最好
是對的，兄弟。

那你呢，大傢伙？

我……我真的很喜歡
做好事。我加入。

這樣就只剩下你了,帥哥。
你說呢?要不要加入
我們這聯盟呀?

除非你保證不會再有
團體抱抱。

我會努力的,寶貝!
不過我可不保證唷!

今天是我們**新**生命的第一天。

我們再也**不是**壞蛋了。

我們是
好人！

我們要讓這個世界變成一個

更好的 地方。

這是我這輩子第一天感覺⋯⋯
未來聞起來如此甜美芬芳！

等一下——

那聞起來根本就
不甜美芬芳⋯⋯

食人魚，你又
放屁了嗎？

我心情不好
就會排氣嘛。老兄，
接受現實吧。

下集待續……

猜猜看怎麼了？

壞蛋聯盟 根本都還沒有暖身哩。

釋放200隻狗根本 **不算什麼**。

解救 **10000隻雞** 如何？

從全世界 **最無懈可擊** 的雷射安全系統保護下，

把牠們從 **高科技鐵籠農場** 裡放出來？

可是你們當中如果有一個成員是有名的

「吞雞仔」，該怎麼解救雞群呢？

加入 **壞蛋聯盟** 看他們怎樣完成更具風險的 **好事**，

團隊中還加入了一個令人毛骨悚然的新成員……

別忘了盯緊故事裡的 **超級壞蛋**，他有可能會讓他們

一敗塗地唷。

第 **2** 集

即將上市！